CATALOGUE

DE

LA JOLIE COLLECTION

DE

TABLEAUX

ET

DESSINS

OBJETS D'ART

STATUETTE EN ARGENT

Pierres gravées, montées en Bagues; Colliers; Montres anciennes
en or et argent repoussé et ciselé; Jolies Miniatures

COMPOSANT LE CABINET DE M. P..., DE VIENNE

DONT LA VENTE AURA LIEU

HOTEL DES COMMISSAIRES-PRISEURS

Rue Drouot, nº 5

SALLE Nº 1

Les Lundi 5 et Mardi 6 Mars 1860

À DEUX HEURES PRÉCISES

Par le ministère de Mᵉ **SOYER**, Commissaire-Priseur,
10, rue du Dauphin,

Assisté de M. **DHIOS**, Expert, 33, rue Le Peletier,
CHEZ LESQUELS SE DISTRIBUE LE CATALOGUE.

EXPOSITION PUBLIQUE

Les Samedi 3 et Dimanche 4 Mars 1860, de midi à 5 heures.

1860

EXEMPLAIRE DE DHIOS

RENOU ET MAULDE, IMPRIMEURS DE LA COMPAGNIE DES COMMISSAIRES-PRISEURS
144, rue de Rivoli.

CATALOGUE

DE

LA JOLIE COLLECTION

DE

TABLEAUX

ET

DESSINS

OBJETS D'ART

STATUETTE EN ARGENT

Pierres gravées, montées en Bagues; Colliers; Montres anciennes
en or et argent repoussé et ciselé· Jolies Miniatures

COMPOSANT LE CABINET DE M. P..., DE VIENNE

DONT LA VENTE AURA LIEU

HOTEL DES COMMISSAIRES-PRISEURS

Rue Drouot, nᵒ 5

SALLE Nᵒ 4

Les Lundi 5 et Mardi 6 Mars 1860

A DEUX HEURES PRÉCISES

Par le ministère de Mᵉ **SOYER**, Commissaire-Priseur,
10, rue du Dauphin,

Assisté de **M. DHIOS**, Expert, 33, rue Le Peletier,

CHEZ LESQUELS SE DISTRIBUE LE CATALOGUE.

EXPOSITION PUBLIQUE

Les Samedi 3 et Dimanche 4 Mars 1860, de midi à 5 heures.

1860

ORDRE DE LA VENTE

Lundi 5 : TABLEAUX.

Mardi 6 : DESSINS, MINIATURES, OBJETS D'ART.

CONDITIONS DE LA VENTE.

Elle sera faite au comptant.

Les acquéreurs paieront cinq pour cent en sus des enchères, applicables aux frais de la vente.

TABLEAUX

SALVATOR ROSA.

1 — Paysage.

BREUGHEL et TÉNIERS.

2 — Chasse au cerf, avec figures, par Téniers.

WENIX (J. B.).

3 — Paysage avec animaux près de ruines.

LANCRET (Nicolas).

4 — Intérieur d'un parc avec personnages.

DU MÊME.

5 — Danse champêtre.

PANINI.

6 — Ruines d'architecture.

MAAS (F.).

7 — Paysage et cavaliers.

ARY SCHEFFER.

8 — Les Époux affligés, scène d'intérieur.

CANALETTO.

9 — Vue de Venise.

VELDE (Adrien Van de)

10 — Animaux au pâturage.

TÉNIERS (David).

11 — Les Singes fumeurs, scène d'intérieur.

BABARI.

12 — Sainte Famille dans un paysage. Provenant de la célèbre galerie Festetich, de Vienne.

ROOS (Henry).

13 — Paysage et animaux.

DU MÊME.

14 — Pendant du précédant.
Très-belle qualité du maître. Ces deux tableaux sont gravés.

OSTADE (Adrien Van).

15 — La Lecture de la gazette.

ZUCCARELLI

16 — Paysage orné de jolies figures.

DU MÊME.

17 — Paysage. Pendant du précédent.

OMMÉGANCK.

18 — Marche d'animaux.

CORRÈGE (École de).

19 — Nymphe et l'Amour.

COQUES (Gonzalès).

20 — Assemblée de personnages devant un palais.

MIÉRIS (Guillaume).

21 — Portrait de l'artiste.

BRAUWER (Adrien).

22 — Fumeurs.

MEMMI.

23 — Sainte Agnès.

RUBENS (Pierre-Paul).

24 — L'Ivresse de Silène.

WYNANTS.

25 — Paysage.

KONNING (Ph. de).

26 — Paysage avec rivière sur le premier plan.

HELST (Van der).

27 — Portrait d'une dame.

DUC (Jean le).

28 — Petit portrait d'homme.

STORCK (Abraham).

29 — Marine.

JARDIN (Karel du).

30 — Paysage et cavaliers. Provenant de la collection
du coadjuteur Specht, de Munich.

TIÉPOLO.

31 — Un Charlatan.

WINTRANK et HAGEN (Van der).

32 — Paysage avec coqs et poules.

RUYSDAEL (Salomon).

33 — Paysage, bords de rivière.

BELLINI (J.).

34 — Vierge et l'Enfant Jésus.

FOURNIER DÉSORMES.

35 — Paysage.

DU MÊME.

36 — Pendant.

VELDE (Adrien Van de).

37 — Paysage avec animaux près d'une fontaine.

RYKAERT (David).

38 — La Consultation.

STEEN (Jean).

39 — Paysage orné de figures.

RAOUX.

40 — Concert.

MIEL (Jean).

41 — Halte de Bohémiens.

WATTEAU (attribué à Antoine).

42 — Jeune fille tenant une grappe de raisin.

LEGRENÉE.

43 — Allégorie des sciences et des arts.

HOREMANS.

44 — Scène d'intérieur.

PALAMÈDES (Attribué à).

45 — Corps-de-garde.

CLOUET (École de).

46 — Portrait de femme. Cuivre peint des deux côtés.

ROSSI.

47 — Scène de carnaval.

ROSSI.

48 — Côté de la mer à Venise.

BOUCHER (attribué à François).

49 — Buste de la Vierge.

SWEBACH.

50 — Paysage et Cavaliers.

C. SAINT-ANGE.

51 — Le Catéchisme.

DU MÊME.

52 — La Sortie de l'Église.

MARIESCHY.

53 — Vue de Venise, église Saint-Paul.

VERNET (Joseph.

54 — Naufrage.

STEENWICK.

55 — Intérieur d'un temple.

DU MÊME.

56 — Intérieur d'une Eglise.

NETCHER (Gaspard).

57 — Scène d'intérieur.

BRACKLENKAMP.

58 — L'Atelier d'un peintre.

DE NOTER.

59 — Paysage, effet d'hiver.

KIOERBOE.

60 — Chiens pour la chasse des nègres.

HUYGGINS.

61 — Fleurs.

LESAGE.

62 — Portrait d'une dame espagnole.

JOINVILLE.

63 — L'Escalier des Géants, à Venise.

ÉCOLE ITALIENNE.

64 — Mercure et Vénus faisant l'éducation de l'Amour.

RICHARD.

65 — Paysage avec chute d'eau.

DU MÊME

66 — Etude.

OSTADE (Genre d'Adrien Van).

67 — Buveurs attablés à la porte d'un cabaret.

VALIN.

68 — Une Bacchante.

FRÉDÉRIC. (Élève de Dorcy.)

69 — Tête d'une jeune fille.

DEMACHY et DEMARNE.

70 — Vue de la porte Saint-Martin sous Louis XV.
Charmante composition animée d'un grand
nombre de figures, par DEMARNE.

NETCHER (GASPARD).

71 — Portrait de jeune femme.

RUYSDAEL (JACQUES).

72 — Paysage avec bouquet d'arbres.

DESSINS

Aquarelles et Miniatures

1 — LEBAS. Le Repas des Singes. (Aquarelle.)

2 — KOEKKOEK (B.-C.). Paysage. (Dessin.)

3 — WOUVERMANS (P.). Hôtellerie. (Dessin.)

4 — LAURE. Danse de Nègres. (Dessin à la plume.)

5 — D'ASSIES. Scène algérienne. (Aquarelle.)

6 — FOUCE. Une Église. (Aquarelle.)

7 — E. CHARONN (élève de RUDODTÉ). Bouquet de fleurs.
   (Aquarelle.)

8 — LAURENS. Plusieurs portraits. (Miniatures.)

9 — SLIGELANDT et TERGURG. Portrait de femme. (Miniature sur cuivre peinte des deux côtés.)

DESSINS

Aquarelles et Miniatures

—∞—

1 — LEBAS. Le Repas des Singes. (Aquarelle.)

2 — KŒCKOCK (B.-C.). Paysage. (Dessin.)

3 — WOUVERMANS (P.). Hôtellerie. (Dessin.)

4 — LAURI. Danse de Nègres. (Dessin à la plume.)

5 — D'ASSIES. Scène algérienne. (Aquarelle).

6 — FURET. Une Église. (Aquarelle.)

7 — E. CHAPOTIN (élève de REDOUTÉ). Bouquet de fleurs.
   (Aquarelle.)

8 — LAURENS. Plusieurs portraits. (Miniatures.)

9 — SLIGELANDT et TERGURG. Portrait de femme. (Miniature sur cuivre peinte des deux côtés.)

10 — TORENVLIET. Téte de vieillard. (Miniature.)

11 — RIGAULT. Portrait. (Miniature.)

INCONNUS.

12 — Dix portraits de saha de Perse. (Miniatures.)

13 — Portrait. (Miniature.)

14 — Portrait de George III. (Miniature.)

15 — Portrait de femme. (Miniature.)

16 — Portrait de Haendl, compositeur. (Miniature à l'huile).

17 — Portrait de l'empereur Ferdinand II. (Miniature.)

18 — Portrait de Eugène de Savoie. (Miniature).

19 — Portrait d'homme. (Miniature).

20 — Petit portrait. (A l'huile.)

21 — Deux mosaïques.

22 — Portrait de femme. (Émail.)

23 — Un émail de Limoges.

24 — BOISSIEUX. Un chien.

25 — REMBRANDT. Jupiter et Danaë.

26 — REMBRANDT. Une femme malade.

27 — FETI. — Études.

28 — VAN FLAMEN. Coquilles, (Aquarelle.)

29 — VAN FLAMEN. Un homard.

30 — LE BRUN. Sainte Magdeleine.

31 — VANLOO. Vénus et Cupidon.

32 — VAN FALENS. Etudes.

33 — RAPHAEL. Étude.

34 — RAPHAEL. Études.

35 — PILLEMENT. Paysage.

36 — CANALE A. Vue de Venise.

37 — CANALE A. Vue de Venise.

38 — CANALE A. Vue de Venise.

39 — CANALE A. Vue de Venise.

40 — CANALE A. Vue de Venise.

41 — CANALE A. Vue de Venise.

42 — P. NEEFS. Intérieur d'une église.

43 — A. DURER. Paysage.

44 — J. VERNET. Marine.

45 — PAROCEL. Un soldat à cheval.

46 — Louis de LA RUE. Sujet historique.

47 — VAN DE VELDE. Marine.

48 — VAN DER MEULEN. Vue d'une ville.

49 — CALLOT. Mendiants.

50 — VIVIEN. Une tête d'étude.

51 — VIVIEN. Une tête d'étude.

52 — Parocel. Figure.

53 — BOISSIEUX. Paysage.

54 — BOISSIEUX. Paysage.

55 — BOISSIEUX. Paysage.

56 — BOISSIEUX. Paysage.

57 — VAN DER MEULEN. Cavalcade.

58 — LAFAGE. Sujet mythologique.

59 — SCHENAU. Enfants jouant.

60 — CHODOWIEKI. Portrait.

61 — MAAS. Paysage.

62 — MAAS. Paysage avec des chasseurs.

63 — CHODOWIEKI. Enfants.

64 — PANINI. Architecture.

65 — MAAS. Chasseurs dans un paysage.

66 — PALMIERI. Voyageurs reposant.

67 — ANNIBAL CARACI. Pan et Cupidon.

68 — NOVELLI. Scène à Jahaïti.

69 — BEGA. Intérieur.

70 — CASANOVA. Paysage. (Étude à l'huile sur papier.)

71 — CASANOVA. Paysage. (Étude à l'huile sur papier.)

72 — CHADOWIEKI. Famille d'artiste.

73 — PANINI. Architecture.

74 — FRAGONARD. Étude de têtes.

75 — FRAGONARD. Étude de têtes.

76 — PANINI. Architecture.

77 — PANINI. Architecture.

— PFORR. Paysage.

79 — BOISSIEUX. Étude de femmes.

80 — DESFRICHES. Paysage.

81 — D. FERRI. Angelica Medoro,

82 — PANINI. Architecture.

83 — E. Van LEYDEN. Études.

84 — MOUCHERON. Paysage.

85 — A. DIEPENBEK. Dessin d'un tableau d'église.

86 — BACKHUYSEN. Marine.

87 — L. BERNINI. Tête de Jésus-Christ.

88 — DESFRICHES. Paysage.

89 — KOBELL. Paysage.

90 — V. D. MEULEN. Écurie.

91 — WATERLOO. Paysage.

92 — HACKERT. Paysage.

93 — WILLE. Musiciens.

94 — BOISSIEUX. Études des vaches.

95 — HUGHTENBURGH. Bataille.

96 — HUGHTENBURGH. Bataille.

97 — V. D. HAGEN. Paysage.

98 — VERBOOM. Paysage.

99 — Les dessins omis au Catalogue.

OBJETS D'ART

Bijoux Anciens et Pierres gravées.

Trois belles montres anciennes dans leur double boîte, en or et argent ciselé et repoussé.

Une jolie petite statuette d'Hercule en argent massif.
(D'UN JOLI TRAVAIL.)

Plusieurs pierres gravées, camées et intailles, montées en bagues.

Un collier en pierres gravées en initiales montées en or.

Ce Bijou provient de la Collection du Duc DE PAAR, et a appartenu à la Reine HORTENSE.

Jolie boîte en émail de Saxe.

RENOU et MAULDE, Imprimeurs de la Compagnie des Commissaires-Priseurs, rue de Rivoli, 144.   8601